のほほんと暮らす

ちぎり絵＝渡辺えみ

もくじ

はじめに　10

第一部　のほほん思想の断片
荘子の言葉　14
臨済の言葉　16
ソローの言葉　20

第二部　のほほん生活の様子
散歩をしましょう　30

時間のかかることをしましょう　32
のほほん本はどうですか　34
のほほん音楽もどうでしょう　36
のほほんと自転車を漕ぎましょう　38
のほほんとしたモノを見つけましょう　40
のほほんな場所に通ってみましょう　42
主観や感情は　46
小さな神様をみつけましょう　48
のほほんとした人かなと思ったら　50
何でもないことを楽しむ　54

第三部　のほほん生活の理解
「のほほん」とは、何か？　58
「のほほん」と怒りを消す　60
「のほほん」の効用（一）　62
あまりしない方がよいこと　64
「のほほん」の効用（二）　66
第四部　のほほん生活の方法
第五部　のほほん生活の種子
のほほん生活習慣 編　79

のほほん発生装置 編　82
のほほん仕事術 編　87
のほほん人間関係 編　88
のほほん哲学 編　90

第六部　のほほん生活の願い
こころを　94
空へ　100

ふろく　のほほんメモ　107

参考文献　122

はじめに

はじめに

これまで好きになった本や、自分が書いてきた詩をくり返し読んでいると、あるカタヨリがあることに、以前から気づいていました。

それを、うまくひとことでは言い表せなかったのですが、禅の説教集である『臨済録』という本の中に発見しました。

それが、「のほほん」です。

僕は、この価値観が、好きです。

忙しいグローバル競争社会に、あっさり背を向けて、いつも「のほほん」としていたいです。

この本では、まず、「のほほん」としていた先人の言葉をいくつか紹介して、実は伝統ある「のほほん思想」の神髄、いや断片に触れていただきます。

それから、現代でも簡単にできる（かもしれない）「のほほん生活」の様子や考え方、最後には実践編を紹介していきます。

気軽な気持ちで書きましたので、お茶でも飲みながら、「のほほん」と読んでください。

第一部　のほほん思想の断片

荘子の言葉

すぐれた知恵は
ゆったりのんびりしている
すぐれた言葉は
あっさりと淡泊である

生命を受けては
それを楽しみ
万事を忘れて
それをもとに返上する

臨済の言葉

なにごともしない人こそが
高貴の人だ
絶対に計らいをしてはならぬ
ただあるがままであればよい

君たちは
その場その場で
主人公となれば
おのれの在り場所は
みな真実の場となる

ただふだん通りに
着物を着たり
飯を食ったり
のほほんと時を過ごすだけだ

ソローの言葉

そのころは
無為ということが
もっとも魅力的で
生産的な仕事だったのだ

なにごとも
簡素に　簡素に　簡素に　と
心がけるべきだ

むかしから
最高の賢者たちは
貧しいひとびと以上に
質素で乏しい生活を送ってきたものだ

私は生活に
広い余白を残しておきたいのだ

その日の生活を
質的に高めることこそ
最高の芸術にほかならない

地球は
花や果実に先駆ける木の葉とおなじように
生きている詩である

いつだったか
村の菜園で草取りをしていたとき
肩の上にスズメが一羽
しばらくのあいだ止まっていたことがあり
私はどんな肩章を授けられるよりも
立派な名誉を与えられた気がしたものだ

第二部

のほほん生活の様子

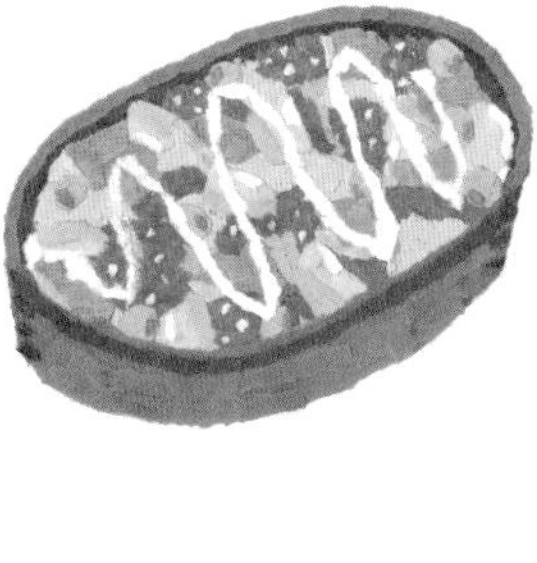

散歩をしましょう

散歩をしましょう
一歩一歩
ゆっくりと歩きましょう

何も考えず
なんとなく
歩きましょう

ときどき
休憩をしましょう

公園では
四つ葉のクローバーを
さがしてみましょう

森の中では
目をつむって
大きく呼吸をしてみましょう

時間のかかることをしましょう

あえて
じっくりと
時間のかかることをしてみましょう

豆を挽き珈琲を
ドリップしてみましょう

使い込んだ鉛筆を

ナイフで削ってみましょう
カセットテープで
懐かしい音楽を聴いてみましょう
インクを入れ
万年筆で手紙を書いてみましょう
本を読み
心に残ったことを
文章にまとめてみましょう

のほほん本はどうですか

のほほんとした本あります

本棚には

しろくまちゃんのほっとけーき
イエペはぼうしがだいすき
のんきな郵便屋さん
ドーナッツ！

へたも絵のうち
旅人かへらず
樗良《ちょら》句集
風車小屋だより
オガタカメノスケ詩集
などが並んでいます

「歳時記」も
のほほんの宝庫です
冬の季語に
「ふくら雀」という言葉をみつけました

のほほん音楽もどうでしょう

のほほんとした音楽もありますね
ジョアン・ジルベルト　の
　カリオカ　は
聴いているとだんだん眠くなります

チェット・ベイカー　の
　シングス　は
聴くとすぐに眠くなります

カエターノ・ヴェローゾ　の
ドミンゴ　は
歌手が眠っています

ドノヴァンの
リバー・ソング　も
いいなあ

のほほんと自転車を漕ぎましょう

自転車は
「走る」ではなく
「漕ぐ」かんじで

自転車は
街から街を
ゆるっと
味わえる

楽しい乗りもの

できるだけ
遅く
いろんな
風景を見ながら
口笛を
吹いたりして

のほほんとしたモノを見つけましょう

のほほんとしたモノ
たくさん見つけてみましょう

函館の路面電車
シトロエン・アミ8
公園のシーソー
丸いちゃぶ台
ガリ版刷りの小詩集

平宗の柿の葉ずし
草色のトンボ鉛筆
温かいジャスミン茶
よもぎあんパン
梅干しのお茶漬け

まだ
あるはず

のほほんな場所に通ってみましょう

のほほんとした場所も
探してみましょう

混沌としているもののなぜかくつろげる喫茶店

大きな木がそびえる丘の上の公園

狛犬さんがにっこり笑っている小さな神社
琵琶湖疏水沿いの緑豊かな遊歩道
実は店主が一番くつろいでいる喫茶店

何度も通えば
じわじわ居心地が
よくなるでしょう

のほほんとした時空に
ゆっくり
つかりましょう

主観や感情は

主観や感情は
物事を分けてしまいます

好き　嫌い
美しい　汚い
ほしい　いらない
幸せ　不幸せ

こういった
二元論は
かえって苦しみを生み出すことが多いようです

ですから
すっと手放しましょう

できれば
そっと忘れてしまいましょう

小さな神様をみつけましょう

オット
アヤシクナッテキタゾ
いやいや
神様はいらっしゃるのです
ドコニ？
どこにでも！

さてさて

あの葉っぱの裏にも
鄙びたお社の陰にも
古びた図書館の片隅にも
神様はいらっしゃいます
いつも
のほほんと
していらっしゃいます

のほほんとした人かなと思ったら

こんな人を見かけたら
よく観察してください

どこからともなく現れる人
服に猫の毛がついている人
いつもしずかに笑っている人

何度会っても人見知りをする人

なんとなく生きているようにみえる人

なぜか肩にスズメが止まっている人

ひまそうに見えて本当にひまな人

なかなかまっすぐ歩けない人

あんまり無理のなさそうな人
いつのまにかいなくなる人

何でもないことを楽しむ

のほほんは　こころの　ありようです

朝の光と
珈琲の匂い
やさしい風と
街路樹の木洩れ日

お気に入りの場所で
ひとり静かに

美しい夕焼けと
あの人の笑顔

おやすみの言葉と
眠りの前のひととき

第三部

のほほん生活の理解

「のほほん」とは、何か？

さて、「のほほん」とは、何でしょう？

あまりまじめに考えると「のほほん」から遠ざかってしまうのですが、ここはちょっとまじめに。

よく「のほほんとしている場合じゃない」とか「あいつ、のほほんとしやがって」と言うように、「のほほん」という言葉は否定的に使われがちです。それをなんとか前向きにとらえ直したいとおもっています。

「のほほん」は、のんびり、おだやか、やすらぎ、ぼんやり、やさしさ、あくび（？）、といった言葉と親和性があるようにおもいます。

そして、少し上機嫌といったところでしょうか。この「少し」というところがミソで、「少し」だけなので、「長持ち」がするのですね。無理なく、いつも、なにがあっても、だいたい「少し」上機嫌であれば、楽しくラクに日々を過ごせるのではないでしょうか。その心持ちが、「のほほん」です。

「のほほん」と怒りを消す

忙しい世の中の動きから、免れることができないことも多いです。たまに、とてもイヤな目に遭うことがあるかもしれません。いや、そんなことはしょっちゅうだ、という人もいるかもしれません。そんな人こそ、「のほほん」です。

「のほほん」の人になれば、きっと、イヤな目に遭う回数も減るでしょうし、その時の対応も滑らかになるとおもいます。

例えば、いらいらした時の対処法です。何かイヤなことが発生したとします。その時に、心の中で「怒り、怒り」とつぶやいてみましょう。第三者的に自分の様子を見つめるかんじです。すると、なぜか、怒りの芽がそれでほぼ摘み取られてしまいます。

そもそも、「怒り」は、「相手に対する不満」です。つまり、「他人に対する欲望」です。それは、最小限でよいとおもいます。

「のほほん」の効用（一）

タイトルに「効用」と書きましたが、先によくないことをさらっと書いてしまおうとおもいます。なにごとも、ものごとには、善し悪しの両面があるとおもいますので。

「のほほん」の人になると、おそらく、人とのつきあいの幅が狭まるとおもいます。ほそめのマイウェイを、マイペースで歩んでいく人になるので、関係する人が自ずと限られてくるとおもいます。まあ、本人は「のほほん」としていて気づきもしないかもしれませんが……。

他人からは、ふしぎな人に見えるので、「少数」の人のみが興味を示して近づいてくるようになるとおもいます。聞くところによりますと、人の悩みの大半が「人間関係」に起因しているようなので、それをサッパリとしたものにすれば、悩みの元を小さくできるとおもいます。

あっ、いつのまにかよいことにたどりつきました。

さきほどの「少数」の人は、同じようにマイウェイ・マイペースの面白い人が多いです。おそらく、たいへん自分のためにもなる人でしょう。世間的には「少数」かもしれませんが、あなたにとってかけがえのない人のはずです。ふかいおつきあいをしてください。

あまりしない方がよいこと

日常の生活が、何より大切だとおもいます。その生活の大半は、「習慣」で成り立っています。もし、「のほほん」から遠い「習慣」があるならば、それは控えめにされた方がよいでしょう。

もうお気づきの方もいらっしゃるとおもいますが、「スマートフォン」ですね。

いつでも、どこでも情報を取得できるこの便利な機械は、たいへん気を散らす機械でもあります。「のほほん吸い取り機」かもしれません。忙しすぎる現代社会から、ちょっと距離を置くことが「のほほん」生活のコツだとおもいます。

もうひとつは、「人と自分を比較すること」です。これは、人間の性かもしれませんが、他人との比較は、自分を苦しめるだけです。もし比較してしまったら、「比べたね」とだけ心の中でつぶやいてください。それで終わりにしましょう。

「のほほん」の効用（二）

よいこと、もうひとつあります。

「のほほん」の人になると、よい感情、よい言葉にのみ引き寄せられていきます。なぜなら、いつも「少し」上機嫌でいるからだとおもいます。

おだやかな心持ちは、自然と楽しいこと、優しい言葉に近づいていきます。つまり、ネガティブな事象には、近寄らなくなります。たとえ、悪い言葉を耳にしたり、ひどいニュースを観たとしても、それに振り回されることはありません。すでに、自分の周りにはいいこと、いい人ばかりになっているからです。すぐに「のほほん」の軌道に戻っていけます。「類は、友を呼ぶ」といいますが、「のほほんは、のほほんを呼ぶ（?・）」という循環に入っているのです。

この循環を、おおきく、おおきく広げていけば、社会も変わり、ひどい事件も無くなるとおもうのですが……。

まず、自分の周りに、「のほほん」の輪を作ってみましょう。

第四部　のほほん生活の方法

ここまで読んでいただきましたが、いかがでしょうか。なかには「のほほん」っていいなあ、とおもっていらっしゃる人もいるでしょう。

そうです、次は、あなたの番です。「のほほん」の人になってみましょう。

「のほほん」とした生活で、おだやかに暮らす。そんな「のほほん」生活をおびやかす最大の敵は、日々のストレスです。ですから、まず、放っておけば溜まってしまうストレスを、きちんと流していく生活のしくみに変化させていきましょう。そのために、身体と心のセンサーである五感を日頃から磨いておくことが大切です。

五感センサーが働いていると、ストレスを素早く感知できます。ストレスの対義語が「のほほん」といってもよいので、感知したストレスを「のほほん」で溶かすといいますか、流してゆきましょう。

日頃から「のほほん」を増やす生活のしくみになっていると、少しづつストレス生活から「のほほん」生活になってゆくでしょう。

といっても、皆さんのそれぞれの生活習慣や考え方は、人によって全く異なります。それなのに、「こうすべきです」とひとつの型に当てはめても、きっと上手くいかないでしょう。そもそも、決まりきった型にはめる発想自体が、「のほほん」に反していますね。

そこで、みなさんにそれぞれ出来そうなことから試していただいて、自分なりの、自分だけの「のほほん」生活のしくみ作りを目指していただけたらとおもっています。

順序と方法は、次の通りです。とても、シンプルです。

①自分にあったやり方で「五感」をととのえましょう

次の第五部で紹介している「のほほん生活の種子」から、直感的にいいなとおもった種子（項目）を自分の生活に取り入れてください。いくつかの種が芽生えることによって、自ずとストレスの減少と「のほほん」の増大が起こるでしょう。

②自分の生活のなかに「気づき」をはたらかせましょう

つぎに、自分なりの「のほほん」を見つけてゆきましょう。ぜひ、ふろくの「のほほんメモ」を活用してください。この段階になりますと「のほほん」センサーが、働きだしているとおもいます。ひとつの「のほほん」が、新しい「のほほん」を自然に呼ぶ状態になっていきます。

きっとユニークでオカシナ人とも出会えるでしょう。たのしみ。

もしかすると、ストレスフルな人との別れがあるかもしれません。それは仕方がないことです……。

③それらを自分の「日々の習慣」にしていきましょう

「のほほん生活の種子」を蒔いて、水をやり、芽が出て、自分なりの葉も広がってきました。その成長が、日々の生活に変化をもたらしていきます。生活の、人生のすべてが「のほほん」化していく段階です。すばらしいですね。でも、他の人から見たら、ちょっとアブナイ人かもしれませんね。だいじょうぶでしょうか。だいじょうぶ、だいじょうぶ。ほんとうに「のほほん」の人になったら、そんなことは、全く気にならなくなりますので。

ところで、ストレス発散は、もろもろ危険を伴うことがありますが、のほほんの発散は、周囲に平和と安らぎをもたらすはずです。

①、②、③を自然に行っていると、いつでも、どこでも、だれとでも、なにをしていても、どんなことがあっても「のほほん」としている人になります。

第五部

のほほん生活の種子

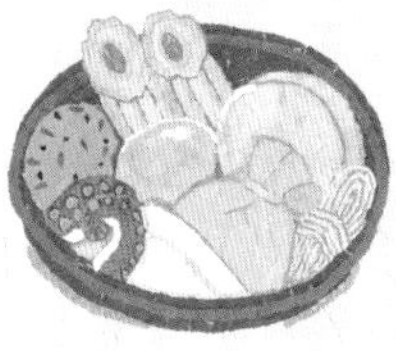

いくつかの分類をしていますが、「のほほん」な線引きですので、気になさらずお読みください。項目の順番は、「えっ」と驚き、「はっ」と気づいていただけるように、似たものを並べず、あえてテキトウに並べています。意味不明のオカシナ項目があるかもしれませんが、気になさらず、笑っていただけたら幸いです。できる範囲で、のんびりお試しください。

気に入った項目にチェックを入れて、何度も読み返してくださ い。ぜひ、「のほほんメモ」にも書き込んでください。読んだり、書いたりとくり返すことで頭に入り、自然に体が動き出すでしょう。なにより、続けることが大切です。

【のほほん生活習慣編】

□ 朝の光を、素肌で感じる
□ ゆっくりと、白湯を飲む
□ 豆を挽いて、コーヒーを淹れる
□ 森を歩いて、森を感じる
□ だいたい、半笑いで過ごす
□ 身の回りの掃除を、こまめにする
□ 寝具をきれいにして、深く眠る
□ 本が読めるほどの暇を、つくる
□ 気のよい場所に、住む
□ 家では、できるだけのんびりする

□　思いついたときに、深呼吸
□　猫とぼんやり、暮らす
□　作りたてのスムージーを、飲む
□　ここちよい風に、吹かれる
□　ぬくめのお風呂に、ながめに浸かる
□　腕時計を、外す
□　お風呂で、鼻唄を歌う
□　瞑想を、する
□　ストレッチポールで、ごろごろする
□　ものを大切に使う、直せるところは直して使う
□　星をながめて、美しさにため息をつく

□ 近所を散歩して、日々のちがいを発見する
□ お弁当を、つくる
□ 二十四節気で、季節を感じる
□ 鳥の鳴き声に、耳をかたむける
□ 納豆を食べ、味噌汁を飲む
□ 月の満ち欠けを気にして、生きる
□ お気に入りの器を、使う
□ よい気の流れに、気づくようにする
□ 悪い気からは、離れるようにする

【のほほん発生装置 編】

□ おしゃべりに行けるお店を、みつける
□ お香を、焚く
□ 幼子を見かけたら、微笑みかける
□ アボガドを、食べる
□ 時間がある時は、各駅停車に乗る
□ たまには、バナナ
□ あくびを、たのしむ
□ いつもと違う道を、歩く
□ のんびりと銭湯へ、行く
□ 二円切手と二十円切手を、ストックしておく

□ 誰も知らない言語を、学ぶ
□ いい音の風鈴を、聴く
□ 河馬を、眺める
□ 天津飯を、食べる
□ 競争は、しない
□ 季節の和菓子を、食べる
□ 好きなパン屋さんを、みつける
□ 枕元に、好きな詩集を置いておく
□ 自分の字を、万年筆で書く
□ 気づかないうちに、居眠りする
□ 黙って過ごせるお店を、みつける

□ 石を、拾う

□ 小さな詩集を、カバンに忍ばせておく

□ ういろうを、食す

□ 好きな物に名前をつけて、話しかける

□ ろうそくを、そっと灯す

□ 小舟を、漕ぐ

□ 鄙びた温泉に、入る

□ 冷奴を、つつく

□ のほほんな人を、観察する

□ ビワ酒を、造る

□ 古い宗教書を、少しづつ読む

□ 干しイチジクを、ちびちび食べる
□ 野菜、花、盆栽など、植物を育てる
□ ふーっと、シャボン玉を吹く
□ 蓮の花に、見惚れる
□ ごろごろ、こたつに入る
□ おでんと、日本酒
□ 木陰で、眠る
□ お墓参りに、行く
□ 小川の音に、耳をすます
□ 『老子』を、読んでみる
□ ふらっと、ひとり旅に出る

□ 本屋で、宝探しをする

□ 山奥へ、釣りに行く

□ しずかに、お茶を飲む

□ 野花の名前を、いくつか憶える

□ 好きな人の名前を、声にする

□ お気にいりの美術館に、通う

□ ドングリを拾って、並べてみる

□ 雰囲気のよい公園を、みつける

□ アボガドの種を、水栽培する

□ 夕暮れを眺めて、涙を落とす

□ 居心地のよい神社を、さがす

□ 木を見あげ、木に触れる
□ 朝晩、お祈りをする

【のほほん仕事術 編】

□ できるだけ、人のためになる仕事に就く
□ 仕事は創意と工夫、芸術的にたのしむ
□ 仕事場の人たちと、無駄話をする
□ 職人的に、自分の技を磨く
□ 年下の人を、育てていく
□ 仕事は、さっと切りあげて帰る

【のほほん人間関係 編】

□ おだやかに暮らすことを、こころがける
□ できるだけ、安らぎの人（犬、猫、？）と暮らす
□ 誰に対しても、寛容である
□ 自分の弱さを、大切にする
□ ほどほどに、愚痴を言う
□ 仙人のような人に出会ったら、拝む
□ 人は、というより万物はみな平等とおもう
□ ほんとうに怒りたい時は、怒る
□ 愛しい人（犬、猫、？）と、手をつなぐ
□ 気の合う人とは、無理に話さない

□ 自分が話すよりも、人の話を聴く
□ シャイな人でも、いい
□ 葉書、手紙を書く
□ 天使のような心の持ち主に出会ったら、仲良くなる
□ 愛しい人（犬、猫、？）の頭を、なでる
□ おいしいものをみつけたら、誰かと食べる
□ 静かでおだやか、鹿のような心を持つ
□ 喜怒哀楽を受け止めて、よく笑い、よく泣く
□ 愛しい人（犬、猫、？）のにおいを、嗅ぐ
□ 素直に、ありがとうと言う

【のほほん哲学 編】

□　生活の価値を、大切にする

□　余計なことは、ほとんどしない

□　喜びが生活となり、生活を喜びとする

□　身の回りの小さなコミュニティの居心地を、よくする

□　理想や目標を考える、そして行動に移してみる

□　のほほんとした平和な社会、安らぎの時代をめざす

第六部　のほほん生活の願い

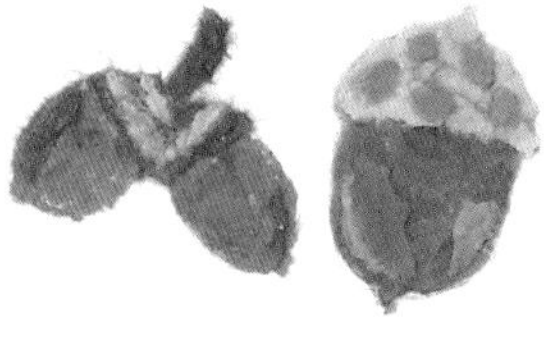

こころを

わたしは
生きている

この言葉を
そっと
つぶやいてください

わたしは
生きている

この言葉に
ゆっくりと
ふれてみてください

すると
深い夜が明ける頃
じぶんのこころが
ほのかに光りはじめるでしょう

その時
こころの
かすかな声に
耳を
すましてください
こころの
ささやく声に
耳を
かたむけてください

きっと
わたしは
生きているよ　と
返事が聞こえてくるでしょう

わたしは
生きている

その喜びが
じんわりと
あなたのぜんたいを

つつんでゆくでしょう

わたしは
生きている

その確信が
あなたを
救いはじめるでしょう

空へ

わたしは
生きている

この言葉を
世界中の
ひとびとが
風船にして

青空に
舞い上がらせたら
どうなるでしょうか

色あざやかな
無数の
風船
それらが
毎朝
空に浮かんだら
わたしたちは

何を
おもうでしょうか

空を見上げて
ああ
みんな生きている
わたしも生きている　と
やさしさや
うれしさを感じるでしょう

そして

今日も
ひとびとが
すこやかでありますように　と
空を仰いで
祈りはじめるでしょう

わたしは
生きている

この言葉を
毎朝

空へ
届けてみましょう

わたしは
生きている

この願いは
きっと
ひとびとを
救いはじめるでしょう

ふろく

のほほんメモ

ふろく　のほほんメモ

このメモは、過去と、今の「のほほん」に目を向けて、未来を「のほほん」にするためのものです。

最初のページに、「のほほん生活の種子」で気に入った項目を書いてください。

次に、日々の生活のなかで、あなたが見つけた「のほほん」なこと、「のほほん」なもの、「のほほん」な人の様子などを、がんばらないで自由に書いていってください。

このメモを「のほほん」と活用することができたら、すばらしいことです。

「参考文献」

『老子』 小川環樹訳注（中公文庫）
『荘子』 金谷治訳注（岩波文庫）
『臨済録』 入矢義高訳注（岩波文庫）
『森の生活』 H・D・ソロー、飯田実訳（岩波文庫）
『しろくまちゃんのほっとけーき』 わかやまけん（こぐま社）
『イエペはぼうしがだいすき』 石亀泰郎（文化出版局）
『ぼくの伯父さんは、のんきな郵便屋さん』 ジャック・タチ、沼田元氣訳（平凡社）
『ドーナッツ！ マイボー ゾウにのる』 １００％ＯＲＡＮＧＥ（パルコ出版）

『へたも絵のうち』熊谷守一（平凡社ライブラリー）
復刻版『旅人かへらず』西脇順三郎（恒文社）
『三浦樗良句集』（ほととぎす発行所）
『風車小屋だより』ドーデー、桜田佐訳（岩波文庫）
『尾形亀之助詩集』（思潮社）
『入門歳時記』（角川学芸出版）
『ブッダのことば』中村元訳（岩波文庫）
『寒山』入矢義高注（岩波書店）
『禅と日本文化』鈴木大拙（岩波新書）など多数

西尾勝彦（にしおかつひこ）

一九七二年、京都府出身。現在は、奈良市在住。三五歳の頃より、天野忠、尾形亀之助などの影響を受け、詩を書き始める。主な詩集に『歩きながらはじまること』『なんだか眠いのです』『ふたりはひとり』『場末にて』（七月堂）、などがある。詩人として活動を始めたところ、のほほんとしたおかしな人たちと出会うことが多くなり、この本を作るに至る。

渡辺えみ（わたなべえみ）

一九八一年生まれ。流山児☆事務所にて俳優三年、新潮社出版企画部で編集アルバイト五年を経たのち、ちぎり絵ライターに。料理、人の顔、風景などを、ちぎり絵と文章で表現している。https://emiwatanabe.com/

本書は、『のほほんのほん』（二〇一四・私家版）と『のほほん自由手帖』（二〇一七・私家版）を元に作られた、初版『のほほんと暮らす』（二〇一九・七月堂）に、第六部「のほほん生活の願い」を加筆し、ポケット版として再編集しました。

新装ポケット版　のほほんと暮らす

二〇一九年三月九日　第一刷発行
二〇二〇年七月二〇日　新装ポケット版　第一刷発行
二〇二四年七月一〇日　新装ポケット版　第三刷発行

著者　西尾《にしお》　勝彦《かつひこ》
発行者　後藤　聖子
発行所　七月堂
〒一五四―〇〇二一　東京都世田谷区豪徳寺一―二―七
電話　〇三―六八〇四―四七八八
FAX　〇三―六八〇四―四七八七
印刷・製本　渋谷文泉閣
定価　一一〇〇円＋税

ISBN 978-4-87944-411-0 C0095